三日月をけずる

服部 誕

書肆山田

目次

三日月をけずる

*　鈴生りの木

大空高く凧揚げて

父が死んでからずっと
ひとり暮らしをしていた母の家の納戸のなかに
ぎっしりと貯めこまれていたのは
大きさごとにまとめられた紙袋
端をそろえてきちんと畳まれた包装紙
ありとあらゆる色の紐の束

震災でなにもかも失くしてから二十年以上過ぎて
もういちど一から取り置き　きちんと仕分けして
若かったころのように
性懲りもなく隠し持っていたのだ
またなんぞの折に使えるさかい

という母の口癖が
畳まれ括られ整理整頓された
この反故屑のあいだから聞こえてくる

いっそ
紙袋の丈夫な紙地を台紙に使い
あるだけの包装紙を張り重ね
色目をうまく貼り交ぜていって
母の似顔の描かれた巨大な凧を作ろうか
紐は全部　どんどんどんどんつなげていって
長い長い揚げ糸にする

さあ　大空高く凧を揚げようぞ
母が残したものを使い尽して
空のてっぺんにまで凧を揚げよう
舞い上がれ　舞い上がれ　どこまでも
大空高く　母よ　舞い上がれ
おお　これこそがなんぞの折だわな

母の哄笑が空から降ってくる
わたしは納戸の前に座りこみ
色とりどりの美しい紙と紐を片付ける
何の役にも立たなかったその几帳面さを思いだしながら
母を片付ける

さびしい背中

お米がすくのうなるとなんやさびしいのや
老いた女はひとりごとを言う

五年の術後経過観察期間を転移も再発もせずに乗り切って
ひとり暮らしをつづけている女はめっきり足腰が弱り
電車にも自転車にも乗れなくなった
自宅から三百メートルほどに縮まった行動半径には
ちいさな八百屋が一軒あるきりで
もう駅前の大きなスーパーへは行けなくなった

ふだんはデイケアと配食サービスを利用しているが
ひとり息子が様子を見がてら泊まりにくる土曜日には

むかしのようにたなもと仕事をする
朝のうちに一時間以上もかけ
杖代わりの手押し車を押して八百屋まで買物に行く
昼からは休み休みしながら
夕刻にやって来る息子の好きなゴマ和えと煮物をつくる

息子とふたり　週に一度つましい食事をしながら
昔話をするのがなによりの楽しみ
もっとよう噛まんと胃ぃに悪いで
胃を全摘してゆっくりとしか食べられない老母が
むかしから食べるのが早かった息子に
まいどまいど子どもの頃と同じことを言ってたしなめる

久しぶりに昼日中よく働いた女はまだまだ話し足りないのに
食べ終わるとすぐに生欠伸をなんどもくりかえしてしまう
家族のなかではいつも自分が仕舞い湯に入っていたくせで
先に風呂に入れ　と息子にかならず勧めるが
ええ年をして遠慮なんかするなや

もうそんなことはなんも気にせんでええ　と
食後もちびちびとウィスキーを飲んでいる息子に
顔もあげずに言い返されて
結局　自分がさら湯に入ることになる

ああようぬくもったわ
浴室からバスタオルを羽織ったまま出てくる
老いた女の裸の背中からは湯気がたち
煙となって消えてしまいそうなくらいに
まるくてちいさい

いま思いだしたんやが
あしたの朝にな　スーパーまで行ってな
二キロでええから　お米を買《こ》うてきてえな
重たいけどすまんがな
いまにも閉じてしまいそうな眼をして息子に頼む
ああわかった
今度はしっかり顔をあげて息子は答え

年老いた母親は
これでぐっすり眠れるわ　重畳重畳《ちょうじょう〳〵》
とベッドに向かう

あたりばちの思い出

はなから「あたりばち」だと思っていた
あたりまえに「あたり棒」と呼んでいた
誰も住まなくなった家の片付けをしていて
台所のシンクの下に見つけたのだ

ちいさな子どもでも手伝える食事の支度はふたつあった
ひとつはかつお節削りでかつお節を掻くこと
もうひとつはあたりばちに入れた煎りたてのゴマを

あたり棒で擂ること　いや「あたる」こと

どちらも夢中になっていつまでもやってしまうので
ほかの支度をしていた母が気づいたときには時すでに遅く
かつお節は受け箱にいっぱいになってしまうし
ゴマは跡形もなくなってどろりとペースト状になっている

あたりばちでほうれん草やいんげんを和えたあと
そこにそのままごはんを入れてかきまぜる
ぎざぎざの櫛目のあいだにこびりついた
ゴマのなれの果てがごはんを泥色に染める

おさないころの大好物だった
ただのゴマ和えごはん
顔よりも大きなあたりばちをかかえて
じかに食べるごはんはいくらでも食べられた

貧乏暮らしの我が家だったが

おかずが早々になくなっても
ごはんだけは好きなだけ食べさせてくれた
かつお節のかかったゴマ和えごはんは母の生活の知恵だった

咀嚼できなくなってからも
お粥《かい》さんだけは食べられた
やっぱりお米のごはんはおいしいねえと言っていた母
おれも今でもごはんが好きだよ　おふくろよ

猫と歩道橋

宮川歩道橋（若宮町）

おととい死んだ母を連れてひさしぶりに宮川歩道橋をわたる
腰の曲がった母は杖をつきながら
もう一方の手でわたしの袖にしがみつき
一段ずつたしかめてのぼってゆく

六年間毎日のぼりおりして
すぐそばにある宮川小学校にかよったこの歩道橋は
阪神大震災のときにひしゃげた高速道路が再建されて

橋床の真上を覆っているので昼間でもすこし薄暗い

橋のちょうど真ん中あたり
猫を膝に抱いた老婆が粗末な丸椅子に腰かけて
たえまなく車の行き交っている下の国道を一心に眺めていた
猫はしきりにかぼそい声で鳴いている

母は老婆を認めると軽く頭をさげて挨拶した
「あれは誰だっけ?」 歩道橋をおりてわたしが訊ねると
「昔、近所にいた、たしか、地震で亡くなった人よ
なんて名だったかしらね」 と首を傾げてつぶやいた

母を野辺に見送った帰りがけ
たそがれどきの歩道橋に老婆の姿はない
鳴きやんださっきの猫が丸椅子の上で香箱座りにじっと動かず
老婆に代わって車の行き交いを見おろしていた

車道の両側は高い遮音壁でさえぎられていて

宵闇の濃くなった第二阪神国道*は
あたかも暗渠となった巨大なトンネルにも見える
わたしは猫とならんで欄干にもたれ轟轟と流れ去り流れ来る車列を覗きこむ

小学校のころ
放課後の長い時間を
ヘッドライトの淡い光がつくるさまざまな影のかたちを追って
母が呼びに来るまでこんなふうに過ごしたことを思いだしている

轢かれた鶏
打出交差点（浜町）

どうしてこんなところで鶏は
轢かれてしまったのだろう

通りすぎてゆく車の騒音にまじって
聞こえてきたのは
トラックが避《よ》けようともせず轢いてゆく鈍い音
もう何十もの車に轢かれたあとなのか
鶏のからだは

ひらたくもりあがっているだけだった

ひっきりなしに車の往来する第二阪神国道
片側四車線*のひろい道路の前に立って
なかなか変わらない信号を
母とならんで待っていたとき
鶏が一羽　横断歩道の太い白線の上で
血まみれになってひしゃげているのを見つけたのだ

もうどれくらい時間が経ってしまったのだろうか
わたしは鶏が轢かれた瞬間の光景を思い描く

首を伸ばしとさかをたてて
ちいさな鶏が横断歩道を
むこうからこちらへと渡ってくる
競歩の選手のように首をふり
その短い脚で進もうとするが
青信号のあいだのわずか数十秒では

ひろい国道を渡りきれない
信号が変わるのを待ちかねて
急発進したスポーツカーが
鶏を撥ねたのは
ボンネットの陰で
赤いとさかが見えなかったせいだ

あとからあとから通過するタイヤの群れのなか
まきあがる風に浮かび去ろうとする羽毛も
ふたたび路面に貼りつけられる
鶏の血は白線にとび散ったまま乾き
すでに赤黒いしみに変わろうとしていた

鶏が轢かれた刹那の
幻影をかき消すかのように
信号がふいに青に変わる
七七日《しじゅうくにち》を迎えた母が
手押し車を押して

横断歩道を覚束なげに渡りはじめる
ゆっくりと
遙かな彼岸に向かって

信号機は
青になったまま点滅もせずに
母が渡りきるまで
待ちつづけていた

旧堤防の向こうに

海技大学校（西蔵町）

八月に入って猛暑がつづくなか
盂蘭盆に戻ってきた母と連れ立って
宮川にかかる古い橋まで行った

わたしがまだ子どもだったとき
芦屋海岸に流れこむ宮川の河口のたもとには
船員を専門的に養成する海技大学校があった
そのころは海岸沿いの防波堤の外には
真っ白な砂浜がつづいていて

海釣りをする人もたくさんおり遊泳もまだ禁止されていなかった

そののち芦屋市の海岸一帯は
二度にわたって大規模に埋め立てられ
堤防の向こう側にも新しい街ができた
無機質なフォルムの高層マンション群がつくられ
緑地帯と公園と学校が人工的に配置された

それでも昔と変わらぬ宮川の細い流れから目をあげた母が
あっと声にならぬ声をあげて指さす旧堤防の先
黒と白のレゴブロックを積み上げたようなマンションの屋上から
ひとりの女が身を投げたのをわたしたちは目撃した
スカートをひるがえしながら
ゆっくりと長い時間をかけて舞いおりていった人影は
まるで時間をさかのぼってゆくかのように見えた

旧堤防にさえぎられて最後までは見えなかったけれど
女が落ちていったのは埋め立てられた固い地面でなく

おだやかに波立つ残夏の海だったにちがいない

林立するマンションの下にひろがっている遠い日のまぼろしの海
街はその上に蜃気楼のように浮かんでいる
いまも旧堤防のそばに建つ海技大学校の白い校舎の向こうに
高い波しぶきがあがったのを
母とわたしはたしかに見た

家じまいの夕べ

てぎわよく
またたくまに
はこびだされていった
すべての家財道具
箪笥や水屋や仏壇や冷蔵庫や鏡台
テーブルやテレビやソファー
額入りの写真やカレンダーや掛時計の痕が
むきだしになった床と壁にのこっている

照明器具が外された

うすくらがりの部屋のなかに
カーテンも取りはらわれた窓から
部屋の奥ふかくまで
西日がじかに射しこんでくる
居場所をうしなった物影は
天井の隅にひそんでいる

夕闇のあわいひかりのおびのなかを
浮きしずみしながら舞っている
こまかなわたぼこりが
わたしの息づかいにのって
ゆっくりと窓辺へと
ながされてゆく

あ　線香のにおいだ
だしぬけにわたしは気づく

ついこのあいだまで

ここで暮らしていた
人間のにおいが
かすかにただよってくる

いのちだったものの
残り香のように
まだいまもそれは
匂っている

鈴生りの木

真赤な落ち葉がぎっしりと散り敷いて
緋毛氈のように木を取りかこみ
四方へと生え伸びた枯れ枝には
黒褐色の大きな実が鈴生りに生っているように見えた
ドォドォボッボォーと鳴き交わす鳥たちの声は
わたしの前に佇つその木のなかから聞こえてきた

二十年以上前　生まれ故郷を襲った震災のあとに
整備されたちいさな児童公園
記念に植えられた一本のナンキンハゼの木は

いつのまにか立派に成長していた

鈴生りに生った実と見紛うたのはヤマバトだった
裸木となったその枝に
何十羽ものヤマバトが止まっているのだった

母の法事の帰り道
子どものころによく遊んだこのあたりに
野太いヤマバトの声がふかくひびきわたる
ドォドォボッボォー
すっかり葉を落としたナンキンハゼが歌っている

正午のサイレンがとおく弔いのように
地を震わせて聞こえてくる
わたしがその音に高く澄んだ冬空を見上げた瞬間
破裂した爆弾さながらに
ヤマバトは一斉に飛び立ち飛び去った
鳥たちが啄んでいた白い蒴果*が

昼の花火の残り火のように枝先一面に顕われる

あの日
タマシイとなって
空へ帰っていったものたちが
残していった白い星屑
骨に似た枝々にいつまでも実っている

＊

淀川のうえで合図する

白い猫
The white cat had her name formerly

誰からも忘れられた「忘れ物預かり所」には
一匹の白い猫が棲んでいる
彼女は昔みんなに知られていたが
すっかり忘れられてから長い時間が過ぎた

誰もが忘れたことさえ忘れてしまっているものを
永遠に保管しているのがこの最果ての「忘れ物預かり所」
もはや誰もこの場所の存在を知らないし

思いだせないことを嘆くこともない

忘れられているものは
思いだされてはじめて「忘れ物」となる
それまではまだ「忘れ物」ですらない

白い猫は知られているときには名があった
だがそれが〈記憶《メモワール》〉という名だったと覚えている人はいない
もう誰ひとり白い猫のことを思いだせないのだから

踏切の音が追いかけてくる

世界から遅れまいとして
わたしが朝の競走をはじめたのは
五十年も昔のことだ

地元の小中学校に通ったあと
県外の高校に入学して
わたしは生まれてはじめて
電車通学をすることになった
最寄りの打出駅から
阪神と阪急を乗り継いで片道約一時間半

早起きするのが苦手なわたしの
家を出る時間はいつもぎりぎりだった

しばらくして通学に慣れてくると
線路沿いの道の途中にある踏切の
警報機が鳴りはじめたときに
自分がどこまで駅に近づいているかで
どのくらいのスピードで走りだせば
間に合うのかがわかるようになった
それはたかだか一分にも満たないちがいだが
そのちがいで一本乗り損ねると遅刻することになる
それ以来　迫ってくる電車と競走するのが
わたしの一日のはじまりの習慣となった

就職し結婚してから住みはじめた別の町でも
おなじように駅まで歩いて通える
線路に面した道沿いに住みつづけた
昔ながらの小さな踏切がいくつもある道を

毎朝駅に向かって歩いていると
うしろの方で踏切が鳴りはじめるのが
かすかに聞こえてくる

あれは三つ前の踏切
あれはその次の踏切と
その音をかぞえながら
間に合うかどうかを測る
いよいよとなれば
ネクタイを胸ポケットに押しこみ
カバンを脇に抱えて駆けだす
四十年近く　会社勤めのあいだじゅう
そんなふうに踏切の音に追いかけられながら
毎朝のダッシュを繰りかえした

仕事をやめた今でも
駅に向かって歩いているときに
どこかで踏切が鳴りはじめるととっさに

ああ走りはじめないと間に合わないと考えてしまう
そしてそのあと
いやもう走らなくてもいいのだと思い直す

間に合わせなくてはならない今日は
とっくにわたしを追い越してしまった
夜を越えてやってくる明日も
やすやすとわたしを追い抜くだろう
そしてその向こうにひそんでいる
しずかな死の闇が
悠然と
わたしが追いつくのを
待っているだけなのだから

二〇センチだけ空威張り

バブルがはじける直前の一九九〇年
それまでのながい賃貸マンション暮らしから
エイヤッと地べたに飛び降りることに覚悟を決めて
中古住宅を狭い路地のなかほどに購入した
そのときわたしは三十代の終わりかけ

元の地主さんの大きな家がいちばん奥にある
行き止まりの狭い路地の一戸建ては
向かいに三軒こちらも三軒のちょうど真ん中
敷地いっぱいに建てられた庭のない狭小な二階建て

身の丈以上のローンを組んで

定年をも突き抜ける重い長期返済を背負ったけれど
なにより肩の荷が下りたのは
いままでマンションの下の階を気にして
子どもが走りまわるたびに叱っていたのから解放されたこと
まだ幼かった子どもたちは大喜びで
家中を駆けまわり階段を飛び降りたりした

わたしたち家族は路地のなかの一番若い世代で
まわりはちょうど親の世代
その子らも高校生や大学生ばかりだった
車も入れない路地は我が家の子どもたちの恰好の遊び場
庭代わりにしてキャッチボールや縄跳び
ケンケンパやボール蹴りをした

やがて先住の家族は代替わりして息子らに継がれ
新しい夫婦が越してきて家は建て替えられる
駐車スペースがつくられ
玄関先には洒落た植栽ができる

セットバック*された敷地のなか
より小さく高い三階建てへと変身していった
そのたびすこしずつ拡幅してゆく路地の道は
何度も掘り返されては舗装しなおされ
それぞれの家の自家用車が
徐行運転しながら入ってくるようになった

それからざっと三十年
気がつけばいつのまにか
みんな三階建てに建て替わり
一番古くなった我が家を見下ろしている
だが年季の入った我らが古家だけが
セットバックからまぬがれ　いまも
ほかの家より二〇センチだけ道路にはみ出して
入ってくる車の通行を
我が物顔で邪魔しているのだ
ざまあみろ

酔余の尾行

仕事を辞めてからの無聊を飼いならすため
我が家から歩いて十五分かかる最寄り駅の駅前の
仕事帰りによく立ち寄っていた安酒場まで出てきて
早い時間からひとりで飲んでいると
若いサラリーマン二人連れの会話が耳に入ってきた

社員寮をでて引っ越しをするらしく
不動産屋に貼られている物件一覧をみていると

そのなかに「築三分・駅十年」と書かれたものがあったと
その書きまちがいに二人して大笑いしている

聞くともなくそれを聞きながら盃を重ねて
ひそかにもらい笑いをしていたのだが
もしその家が本当にあるのだとしたらと　わたしも
酔いにまかせて心遊ばせる愉しい空想をしはじめた

さてそれからどれくらい呑んだだろうか
気がつくとわたしは
その貼り紙を見たという若い男のあとを千鳥足で尾けていた
彼が勘定をすませているときに
いまはその物件に住んでいるのだと
酒場の亭主に囁いたのが聞こえたからだ

そして——その家は本当にあったのだ
尾けているうちにすっかり酔いの醒めたわたしは
わたしの描いた空想と寸分たがわぬ家に彼が入ってゆくのを

この目でしっかと見届けた

そのせいでわたしが酒場から我が家まで帰りつくのには
二十年（と十五分）がかかってしまったのだが
その家が（十年と）三分前に建てられたかどうかについては
結局その場では確かめることができずじまいだった

問題のない飛蚊症

目を覚ますとわたしの目の中をちいさな虫がしきりに飛んでいた
あわてて近所のまだ一度も行ったことのなかった目医者にすっとんでいったら
加齢による飛蚊症との見立て
医者にすればまさに　飛んで目に入る夏の虫
一度来た客は金輪際逃がさないのが客待ち商売の秘訣とばかり
視力（裸眼視力と矯正視力）のついでに眼圧の検査もされ
両眼に散瞳薬を数回点眼されて
充分に瞳孔が開くまで三十分以上待たされたあげく
暗い診察室のなかでペンライトの強い光をあてられながら
瞠いた眼球を右上から反時計まわりで順に覗きこまれる眼底検査
飛蚊症はなんの問題もありません　気にしなければ気になりません
それはともかく　右目の端に軽い白内障がでています

定期的に経過観察しましょう　と言われて二千八百九十円也
次は三ヶ月後にお越しください　にっこり笑って念押しされる
本人も気づかぬ病気を早期発見することで
新規のリピート患者を獲得するとはなんとも見事な檀家商法
はてさて問題のない飛蚊症とはいかなるものか
虫が気になってしかたがないと思いしに来院したのではなかったかと
首をかしげながら閑古鳥の鳴く声に見送られて医院をでると
はや正午近くの路上には物の影もなく
雲ひとつない真夏の日射しが
中天から光の滝となってまっすぐにふりそそいでいる
開ききったままの瞳孔にはまぶしすぎる陽光が容赦なく流れこみ
どこを見回しても露出過多の
人っ子ひとりおらず
虫一匹飛んでいない
わたしの暮らしていた街とはまるでちがう見知らぬ町角のような
ただ真っ白な世界に
きらきらと光る一陣の風が吹きすぎていった

座布団の行く末

オイルショックの年に大学を卒業して
なんとか就職することができたとき
母はきれいな水色の座布団を拵えてくれた
わたしはそれを会社に持っていき
与えられた自席の椅子の硬い座面に置いた

座布団だけが新品の
自分の机と椅子は
慣れない不安な船出のなかで
わたしのささやかな住処《すみか》となった
だれかのお下がりの椅子に据えられた

海のような　空のような
座布団の上に身をひそめていると
理不尽に襲ってくる嵐から
身を守れるように思えた

何度も不本意な異動を繰りかえし
そのたび机と椅子は取り替わったが
母の座布団だけは変わらず
わたしの尻に敷かれていた
はじめはふかふかだった中綿も
いつしかぺしゃんこになり
縫い目は擦り切れ　糸はほつれた
それでもわたしの冷や汗やため息や憤りを
物言わぬ座布団は吸いこみつづけた

退職の日に
持ち帰る私物といっしょに
埃だらけの座布団を紙袋に詰めた

ついにいちども洗われることなく
数十年を耐えたそれは
破れ目から変色した綿の残骸が見え
水色はすっかり褪せ落ちて
一枚のぼろ切れになっていた

我が家に帰って荷物を整理していると
妻はそのぼろ切れをつまみ出し
埃がとび散らないように
そっとビニール袋に仕舞って
次の日
さっそくゴミに出した

犬には追いつけない

乗りかえの駅で電車を待っていた時だった
線路の上を走りぬける白い犬を見た
首も脚も長い猟犬のようなその犬は
電車のやってくる方角から
赤錆色の砂利の上をまっしぐらに駆けてきた

自分の前を逃げてゆく目に見えない獲物を追って
犬は眼を光らせ耳をたてて駆けぬけていった
ホームにいた駅員はアナウンスを忘れ
電車を待っていただれもが

ただ呆然と見送るだけだった

そのとき
犬がやってきたレールのむこうには
陽炎のもえあがっている草原がうかびあがり
去っていった彼方にはしらじらとした廃墟が見えた
白い影のように駆けぬけた犬の残像とともに
わたしはそのまぼろしの光景を見た

草原と廃墟の幻影が消えた頃
わたしの待っていた電車が
警笛を鳴らしてようやくホームに入ってくる
いつものように列にならんだまま
わたしは今日もその電車に乗りかえて
永遠に追いつけない白い犬を追いかける

淀川のうえで合図する

夜おそく仕事を終えて箕面にある自宅まで帰るのに
おれはいつも阪急電鉄の梅田駅から
十分ごとに出ている宝塚線の急行電車に乗っていた
その同じ時刻には京都線特急と神戸線特急も梅田を出発する

この三路線は淀川を越えたところにある十三駅《じゅうそう》まで並走し
そこから直進と右左の三方向に分かれてゆくので
梅田を出発してとなりを走る明るい車輌をぼんやり見ていると

まるで前にすすんでないように錯覚することがときたまあった

焙煎された珈琲豆のように闇が深くなった夜の街のなか
同じくらいの加速度で横並びに走る三台の電車は
黒い水面のにぶくきらめく淀川の鉄橋にさしかかる
そのときレールの響きがにわかに変わり
ひとしいリズムを刻む三つの車音がひときわ大きくなる

急行電車の白茶けたひかりを放つ車内では
放心した顔の男たちが力無く吊革にぶらさがっている
おれも彼らに交じって風のない旗のように吊革をつかみ
足許から溶けだしてゆくその日の疲れに身を任せていると
並走する特急の　動いていないように見える窓のなかに立つ
ひとりの男を見つけることがある
たしかどこかで見かけたことのある男だ

ふうっと大きな息を吐いたその男はつと、顔をあげ
虚空を見ていた目の焦点をおれに合わせる

おれたちは窓越しに互いを認めてかすかにほほ笑み
どちらからともなく空いているほうの手をあげて
やあ、おつかれさま、と
まわりのだれにも気づかれないように合図を送る
——またいつか、おれたちの心に火が点る夜には、こうして会おうじゃないか

ひろい淀川の鉄橋のうえを三台の電車は
まだしばらくのあいだは
轟音を立てながらならんで走っている

＊

昨日を待ちながら

昨日を待ちながら
Now I long for yesterday

思いだせないほど長いあいだ
雨は降らなかった
旱いた風がカーテンを揺らして
庭のむこうに昨日が見えた

門の外につづく道は
曲がりくねった坂道ばかりだった
どこにも出口のない迷路だった

萎びた年を拾いながらわたしは安楽椅子《ロッキングチェア》を漕いでいた
湧いた雲は掃かれたように流れ去り
気まぐれな風と遊びながら転がってゆく昨日が
岩と砂の荒地のあちこちに吹き溜まる

ふかい轍の道の果てに昨日が見えなくなるまでの一切を
わたしはひすがら飽きることなく見つづけた
あるいは——何も見ていなかった

百まで呼吸を数える方法

一から十まで
はじめて声に出して数えることができたのは
父に肩を抱かれて入った風呂だった
幼かったわたしはそれがうれしくて
もっと沢山の数を数えられるようにと懸命に数字をおぼえた
いきつけの銭湯で大きいほうの湯舟に爪先立ちにつかりながら
はじめて百まで数えられたときには
いっしょに入っていた小父さんたちから褒められたけれど

世界がまっ白になる立ちくらみの愉悦をあわせて知った

爾来光陰は足早に去ったが
湯舟につかるたびに自分の呼吸を数えながら
こころのなかで百まで唱える習慣をつづけてきた
ふだんは誰も自分の呼吸なんかわざわざ数えないのだろう
ひとりの人間が一生の間に呼吸する回数はざっと数億回なのだそうだ
その数百万分の一のたった百回を
毎夜ぬるめの湯に首までつかって数える
数えているうちに呼吸はしだいにゆっくりになってゆく
数億回がようやく終わりに近づいてきているのが
夜ごと呼吸を数えてきた老いたわたしにはわかる

……、九十一、九十二、九十三、九十四、九十五、
洗いざらしの自然薯のように
今夜も浴槽にひらたく手足を伸ばし
息を吐きながら、九十ぅ、と唱え
息を吸いながら、六ぅ、と数える

のこり少ない未来へと
そっと次の一歩をふみだすようにして
さらに深く長く、九十ぅぅ、七ぁぁ、と自分の呼吸を数える
両の指のしわしわになった指紋がもはやわたしのものではなくなってゆき
いつものように意識がしだいに遠のいてゆく
極楽浄土のような満目白い世界がやってくる
九十八、九十九、……
これが数億回の呼吸の
最後の百回であればどんなにかしあわせなのだが——

ひゃぁあ、くぅぅぅぅ、

冬の朝に祖父は臼取り*のリズムを刻む

こどものころ　我が家の年末恒例の一大行事は
クリスマスなんかではなく
なんといっても餅つきだった

餅つきの日の朝は夜明け前から起きだして
家族そろって打出浜の堤防ちかくにある祖父の家まで
まだ暗い夜のなかを歩いてゆく

空襲*でも焼けなかった祖父の家には
昔ながらのおおきなへっついがふたつ並んでいて
その上には蒸籠《せいろ》が何段にも積まれて餅米が蒸されていた
土間に据えられた立派な石の臼には熱い湯が張られ

そこらじゅうに湯気がもうもうと舞っていた

鳴尾や香枦園や石屋川*から
一番電車に乗って親戚の叔父さんたちが集まってくる
入れ替わり立ち替わり杵をふりおろし
蒸しあがった米をつぎからつぎへと餅に変えてゆく
臼取りはきまって祖父の役目だった
臼取りがいちばんむずかしいのだといつも言っていた
きれいに禿げあがった頭に手ぬぐいではちまきをして
祖父は相手にあわせ自在に手を返した

ハイ　ヨッ
ハイ　ヨッ
ハイ　ヨッ

掛け声をかけながら
餅をひっぱったりたたんだり
手水をたしたり

ただリズムをとるためだけに
餅の表面を軽く凹ませたり

ハイ　ヨッ
ハイ　　ヨッ
ハイ

赤くなった祖父の大きな掌が
搗きあがった餅の下にするりと入れられ
まるくおおきく練りあげられて
まるで尺玉花火のようにまとめられると
片栗粉をふった餅箱にどさっと投げ入れられる

あとは女たちと子どもの仕事だ
ちぎられた餅は
手早くまるめられ
形を整えられて
小餅や鏡餅や切餅になってゆく

うんと早起きしたせいで
仕舞い時分になるときまってわたしは
うつらうつらしはじめる
夢のなかにすいこまれてゆくような
からだがすうっと軽くなってゆくようなそのとき
だれかがわたしの半びらきになった口に
ちぎっただけのちいさなひとかけを
いっぱいの大根おろしを入れた鉢にくぐらせてから
ぽいっとほうりこんでくれる

つきたてのおもちの
そのあつさとやわらかさとほのかなからさ
そこにいたみんなのわらうこえ

あの冬の朝
なつかしい祖父の家
いまはもうない

傷痕

まだ小学校にあがるまえのことだった。家のまえを通る西国街道*を五〇メートルの幅に拡幅して、片側五車線もある第二阪神国道にする道路工事が何年もかかって行なわれていた。

ぎっしりと建ちならんでいた街道沿いの家々が次第に更地に替わっていって、すべての立ち退きが終わった工事現場はただのだだっ広い原っぱになった。

工事用の仮囲いはあるのだが、ちいさな子どもにはその隙間から入ることはたやすく、工事が行なわれていないときは、原っぱは近所の子どもたちの恰好の遊び場だった。

やがてブルドーザーやショベルカー、土砂を積んだ大型ダンプカーが連日のように出入りしはじめて、均された地面のところどころに、運びこまれた盛土用の大量の土砂でつくられた、十数メートルもある小高い山ができあがった。

そんななか、ばったりとすべての工事が中断され、だれひとりいなくなった休業日があった。

ぼくはだれもいないのを見計らって囲いの中に忍びこみ、高く盛られた土砂の丘に登ってみた。

頂上まで登ると、はるか遠くまで見はるかすことのできる、幅五〇メートルの白茶けた土道の帯は、干上がった川底のようにまっすぐに隣町まで続いていた。

ぼくは小山を駈け下りたり這い上ったりして日が傾くまで遊んだ。何度も何度も上り下りしたあと、頂上に腰を下ろしてひと休みしていると、目の前に電線がぶらさがっていた。いつもは高い電柱のてっぺんにあって、とてもさわることができない電線が手を伸ばせば届くところにある。

ぼくは立ちあがって背伸びし、その電線をさわってみた。指の先がやっと届くくらいだったが、何度か試しているうちに電線はすこしたわみ、しっかりと握ることができた。ぼくは片方の手でその電線をつかんだまま膝を曲げて飛び上がり、もう一方の手ですぐ隣の電線をつかんでぶらさがり、反動をつけて頂上から飛ぼうとした。両手で電線をつかんだとたん、ぼくは感電した。

高圧線は六六〇〇ボルトの電圧で電流が流れている。スズメなどの鳥たちが、その高圧線に止まっているのはよく見られる光景だが、感電したという話は聞かない。電気はすこしでも抵抗の少ない、流れやすいところを流れようとする性質がある。鳥の体と電線を比べると、電線の方がずっと流れやすいため、電気は鳥の体のなかには入らずに通りすぎてしまうのだ。だがもし鳥が二本の電線を跨いで止まったり、羽を広げて二本の電線に接触した場合には、体のなかを高電圧の電流が通電する。

長いあいだぼくの掌には、焼け焦げた傷痕が左右どちらにも、掌のまんなかを一直線に横切って残っていた。どこまでも伸びている電線のように。

わたしの好きな数字

サヴァン症候群*患者でもあったイギリス人ダニエル・タメットは
その自伝『ぼくには数字が風景に見える』において
数字その他に関する共感覚を持っていると述べている
共感覚《シナスタジア》とは　ある刺激に対して通常の感覚だけでなく
異なる種類の感覚をも同時に生じる特殊な知覚現象
文字に色を感じたり　音に色を感じたり
形に味を感じたりすることをいう

アルファベットの五つの母音を
黒白赤緑青の五色に擬えた詩が知られているアルチュール・ランボオも

共感覚者だったと言われているが
そんな有名な人たちばかりでなく
一介のサラリーマンだったわたしも
じつはささやかな共感覚を持っている

幼いころ　数字を書くときにはクレヨンのどの色で書くか
わたしにとってそれはいつも完全に決まっているものだった
1から9までの数字にはそのそれぞれで
〈その数字の色〉が頭に浮かぶのだ

1は白、　2は橙《だいだい》色、　3は茶色、　……

わたしの好きな色は緑色である
わたしが長年暮らしている箕面は
「滝道」の色づいたモミジが有名ではあるが
ことにわたしが気に入っていたのは初夏のモミジだった
陽の光が新緑の嫩葉を透かして降りそそぐ五月
風に戦ぐ緑の光を浴びて坂道をゆっくりと登ってゆくのは

とりわけ気持ちがいいものだった

だが数ある緑のなか　新緑の翡翠色《エメラルドグリーン》への鍾愛は
いま人生の午後の陽ざしの下で
光の粒子のような花をつけた金木犀の葉の暗緑色《ダークグリーン》へと変わってきた
日に日に早くなってゆく秋の日暮れに
その黄金《こがね》色の香りをかぎながらわたしは
いつか迎えるであろう色彩のない夜の底知れぬ闇を想う

わたしが緑色に見える数字は4である

一九五九年の釘の話

一月、チェ・ゲバラによるキューバ革命政権が元日に成立。
二月、伊藤エミ・ユミが「ザ・ピーナッツ」としてデビュー。
三月、「少年マガジン」「少年サンデー」同時創刊。

1　ぺちゃんこの釘

駅の手前のちいさな踏切の
レールのうえに錆びた五寸釘をおき
ぼくたちは
物蔭に隠れて
電車が通りすぎるのを待つ

線路への置き石が

大変な脱線事故になることは
学校で何度も聞かされていた
それでもぼくたちは
おとなたちに見つからないように釘をならべた

息をこらして見まもるぼくたちのまえを
警笛を鳴らして電車が通りすぎる
遮断機があがったあとに残されているのは
まばゆい銀色に光る
ぺちゃんこの釘

四月、皇太子明仁親王が正田美智子と結婚。
五月、オリンピックの東京開催（一九六四）が決まる。
六月、天覧試合で長嶋茂雄が村山実からサヨナラ本塁打を放つ。

2　釘刺し

まだどこもかしこも土の地面だった

表通りのアスファルトも
午後になるととけて
雑草が道のまんなかに
伸びだしていた

順番がまわってくるとぼくは
尖らせた釘のさきっぽをしっかり持って
力いっぱい地面に突き刺す
たくさんの釘がささっている
まるく囲まれたやわらかい土俵のなかに

釘と釘があたる
キイィンと
空の高みに昇ってゆく音
真昼の陽ざしのなかでもはっきりと
火花の散るのがわかる

七月、水俣病の原因物質が有機水銀であると熊本大学研究班が公表。

八月、松川事件、最高裁が有罪判決を破棄し高裁に差戻し。
九月、伊勢湾台風。犠牲者五〇四一人、被害家屋五七万戸。

3　字隠し

ランニングのかたちに肌を焼いたぼくたちは
思いおもいに別れて
地面に釘で字を彫る
かたく乾いた土のなかに
くっきりと

互いに背を向けて
友だちに見つからないように
地面に書いた字を
丹念に埋めもどした
一九五九年八月

あのころは

胸いっぱいに
言葉が溢れていた
あのときぼくは
どんな文字を彫ったのだろう

十月、日本シリーズで南海ホークスが読売ジャイアンツに四連勝し日本一に。
十一月、高島易断総本部創始者の高島象山、自分の運命を推占できずに刺殺される。
十二月、北朝鮮帰還事業がはじまり、最初の帰国船が新潟港から出港した。

七歳の少年がまるい地球に記した
　秘密の言葉は
土のなかにふかく
匿されているのか
　いまもまだ

下りる男

およそ三万年前のある朝
アジア大陸中央部
海抜四〇〇〇メートルを超える高原地帯
太古にはまだテチスと名づけられる以前の海溝であり
のちにはデオサイと呼ばれることになる土地の
湿った洞窟のなかで男は不穏な夢から目覚めた
燠からあたらしい火をおこし男は粗末な食事を摂った

濡れた壁に動物の血で描かれた羊歯状の文様が火影にあわせて揺れる
男は立ちあがり昇りはじめた陽の下に出ていった
男の視界の先には茫漠たる山々の連なりが広がり
ただ一点の緑も男の眼には映らなかった
巨きな岩のあいだにわずかに下りぎみに続く細い道を
太陽の昇ってきた方角へゆっくりと男は歩いていった
獣たちはいなかった
毒虫やちいさな昆虫がときおり男の足許を横切った
男は歩き続けた
やがて乾いた地面には草が茂りはじめた
陽が高くなるにつれ強くなってきた八月の日差しで
男の浅黒い肌には汗が噴きだしていた
男はさらに坂を下りていった
樹々がふえはじめ大気はしだいに湿りを帯びてきた
高原を下りきるとそこには聚落があった
道は踏みかためられまっすぐに続いていた
急ぎ足でその聚落を抜け　男はさらに下へ下へと歩いた
道はついに平坦となり男は駅に近づいていった

無意識に定期をとりだした男は改札口を通り抜け
おりしもプラットホームに入ってきた宝塚発梅田行急行電車に乗りこんだ
冷房がきいているとはいうものの
ねっとりとまとわりつく首筋の汗をハンケチでぬぐった男は
ネクタイをすこし緩めた
十三《じゅうそう》駅で満員の神戸線通勤特急に乗り換えた男は三宮駅で降りると
フラワーロードのそごう前交差点で信号を待つあいだにネクタイを締めなおし
会社へとさらにゆるやかな坂道を下りていった
まっすぐに照りつける日差しのせいで
すみずみまでが皓くなっている世界のなかに
今朝見た夢の光景が陽炎のように浮かんでいるのを男は見た
その夢は遠い未来のあけがたに起こるおおきな地震の夢
ビルが折れまがり高速道路が崩れおちている光景
空には煙が湧きあがり
街はあかあかと燃えていた
夢の余燼のむこうに林立する高層ビルのかなたには
飛行場のある埋立地がひろがり

さらにその果てには今日もまだ海があるはずだった

＊　三日月をけずる

村上三郎は鵜塚のなかに消えた

松浜公園（松浜町）

わたしの最初の記憶は
両親に連れられて遊びに行った松浜公園*で見た
「紙破り」の光景だ
当時四歳のわたしがそのとき偶然目にしたのは
襖大の木枠に張り付けられたハトロン紙を
走りながら体ごと突き破るというパフォーマンスだった
おとなたちが大勢集まっているなかから
ひとりの男が奇声をあげて走りだし
松林のなかに据えられた白い扉に突進して
突き破り駆け去った

一九五六年夏

吉原治良率いる前衛美術集団「具体美術協会」は
芦屋川の河口近く
川沿いにひろがる松浜公園で初の野外展を開催した
吉原の盟友・村上三郎はその前年
「具体」の東京での展覧会で「紙破り」をはじめて行ない
従来の美術概念からの逸脱を試みた表現として脚光を浴びていた
そのパフォーマンスは
村上の真骨頂が表れたものだと高く評価されたが
実は彼の息子が自宅の襖を突き破ったのを見て
思いついたものだった

幼いわたしの記憶に焼きついたのは
破られた白い紙の向こうに見えた
薄暗い林のなかに建つ
「鵺塚」*と呼ばれる大きな石の塚だった
京の都を荒らす鵺《ぬえ》という怪物が退治され
ここ芦屋の地に流れ着いた遺骸が
篤く祀られたことに因む石碑に向かって

村上はまっしぐらに駆けてゆき
そのままその塚のなかに消えた
わたしはヒトが　あっというまに
この世界からいなくなることを知った

家に帰ってからわたしは
村上がやったのと同じように
襖に向かって突進して
〈ここではないどこか〉へ行こうとしたが
非力な四歳児は見事に跳ね返されてひっくりかえり
したたかに頭を打って
たんこぶをこしらえただけに終わった

もしあのとき襖を突き破れていたなら
わたしはどんな別の人生を生きただろう
のちにわたしが身近に際会することとなった
一九八五年の飛行機事故も一九九五年の大地震も
二〇〇五年の列車事故も起こらなかった世界を生きたかもしれない

あるいはそのいずれかで
あえなく命を落としていたかもしれない

だがわたしは襖を通り抜けることができず
二〇一一年の原発事故のすぐあとに
ながく勤めた会社を辞めるまで
飛行機事故も大地震も列車事故も
そして原発事故もが起こったこの世界で
これっぽっちの逸脱をすることもなくずっと
サラリーマンをつづけたのだ

園庭のない保育園
打出公園*（打出小槌町）

駅前にあたらしく建ったマンションの一階に
ちいさな認可保育園ができた
朝夕にはおおぜいの通勤通学の人たちが行き交う大通りに面していて
コンビニとドラッグストアに挟まれている
保育園には園庭はない
カーテンの開いた大きなガラス窓越しに
子どもたちが狭いフロアを駆けまわっているのが見える
園児たちの笑う声はすこしも外には洩れてこない

わたしが昔かよった保育園には

おおきな園庭があった
遊具もたくさんあって
遊び疲れるまで歓声をあげて走りまわった

満員電車に乗るために駅へ急ぐおとなたちはだれもが
部屋のなかで楽しげに遊んでいる子どもたちを見ては
今日一日の元気をもらってゆく
園児のなかに窓ガラスにおでこをくっつけたまま
通りを行くおとなたちをじっと見ている子がいる
さっき別れた自分の親を見つけようとしているかのように
通りすぎる人の顔を見つめている

わたしがかよっていた保育園のすぐ近くには
「おさるの公園」と呼ばれる児童公園があった
動物愛護協会から寄贈されたサルとリスとクジャクが
ひとつの檻のなかに飼育されていたから
送り迎えの母に連れられてよく立ち寄った
リスとクジャクは檻の外には無関心だったが

サルはわたしたちが檻のそばまで近づくと
金網にしがみついて
はしゃぐわたしを飽きずに見つづけた

おさない記憶のなかでわたしは
園庭の金網の隙間から外の世界をのぞきこんでいたことがある
まだ世界の大きさを知らないひとりの子どもだったとき
わたしは一匹のサルだったかもしれない

町のにおい

六甲山から大阪湾へと流れくだるふたつの川に
東西をはさまれたちいさな町には
自分の家で商売をしながら暮らしている人たちがたくさんいた
米屋と煙草屋を兼ねている茶舗では
仕入れた茶葉を店の奥で焙煎していた
大きな焙煎機がゆっくりとまわる音は店先までとどき
煎られた新茶の香ばしいにおいはご近所中にひろがった

青い藺草のにおいがいつでもしていた畳屋
かどの豆腐屋では朝早くから豆を蒸す湯気が流れていた
大通りのむこうには

三階建てほどもの高さのある大きな入口の製材所があった
削られたばかりの木の香のする吹き抜けの材木置き場からは
電動のこぎりの回る甲高い音が聞こえていた
学校への行き帰りに花屋にならぶ季節のかおりをかぎながら
立ち働くおやじさんやおばさんに挨拶して子どもたちは大きくなった

その町の家々は一九九五年の地震でひとつのこらずなくなった

今は新しく建てられた耐震住宅や集合住宅が
映画にでてくる架空の町のように整然と並び
再建された高速道路を走る自動車やトラックの騒音だけが
乾いた街並みの上空を埋めつくしている

高校を卒業して家を出て以来
長いあいだ都会で暮らしていた男は
地震のあとしばらくして町にもどってきた
いつかここでパン屋をひらきたいんだ
香ばしいにおいのする焼きたてのパンを売る

と男はわたしにむかって言う
もうずっとむかしのことのようだな
町ににおいがしていたのは
と空高くわたしを見あげて言う

地震でも倒れなかった公園のケヤキは
二十年経ってさらに大きく育ち
焼きあがったパンの芳しいにおいを運ぶ風のなかで
根元に建てられたちいさな地蔵堂をつつむように
両手をひろげたかたちの葉叢の繁みを
さわさわと揺らしている

三日月をけずる

母親が長年住んでいた家を
とりこわしてからしばらくして
年老いた男は夢を見た

天井を突き破って落ちてきた三日月を
かつお節削りでけずる
カリカリカリと
丸くふくらんだまんなかからけずってゆく

内側からうっすらと光を放つ薄片が
受け箱に溜まってゆく

手に取って夜空にかざすと
月のない空の藍色がすこしだけ明るくなる

母親にその一枚を手渡そうとして
なにげなく触れたとき
おまえの指はあたたかいね
と言われたことを男は忘れずにいる

しだいに細くなった三日月*は
いつのまにか一本の光る包丁になっている
終《つい》に朔の月となるまで
男はやすまず研ぎつづける

研ぎあがるのをまちながら
満々たる人生を過ごしおえた老女はすこし微笑んで
無心にお手伝いをしているおさない男の子を
空の高みから見おろしている

注——

猫と歩道橋／轢かれた鶏／傷痕＝大阪市西成区花園北から神戸市灘区岩屋までつづく国道四三号線は、国道二号線が「第一阪神国道」と呼ばれるのに対して、「第二阪神国道」、通称ニコクと呼ばれる。一九五八年、往時の西国街道（浜街道）が片側五車線（現在は、遮音壁がつくられて四車線になっている）の「五〇メーター道路」として拡幅されたもので、阪神高速三号神戸線がその真上を通っている。

鈴生りの木＝蒴果は二枚以上の心皮からなる多心皮性子房からできた果実で、成熟すると数室に裂開する。ナンキンハゼは秋から冬にかけて、少し三角がかった球形の蒴果を黒熟させ、三個の、脂肪に富んだ白色の蠟状物質で表面が覆われた種子を出す。裂開後も、種子は果皮から自然に離脱することはなく、紅葉期から落葉後まで長く樹上に留まり、多くの鳥類がその実を摂食する。

二〇センチだけ空威張り＝古くからの市街地には幅員が四メートルに満たない狭隘道路（二項道路と呼ばれる）が数多く存在するが、その道路の両側の敷地で新たに建物を建築する際には、敷地境界線を後退することで将来的に四メートルの幅員を確保しようとしなければならない。これをセットバックという。

酔余の尾行＝本作は明石六郎氏より伺った話に着想を得ています。ここに記して感謝します。

また、本作品を書き上げたのち、大松達知氏に以下の作があることを知りましたので、あわせて記しておきます。「誤植あり。中野駅徒歩十二年。それでいいのかもしれないけれど」

問題のない飛蚊症＝〈蚊〉が目の前で飛ぶような視覚症状のことを指す飛蚊症には、「生理的な飛蚊症」と「病的な飛蚊症」の二つがある。「生理的」なものは、健康な眼でも起こるので心配いらないが、「病的」なものは硝子体出血、網膜裂孔、網膜剝離などの初期症状の可能性があるため、早期診断、早期治療が重要だとされている。

冬の朝に祖父は臼取りのリズムを刻む＝臼取りとは、餅つきの際、臼の傍にいて餅をこね返すこと。また、その人をいう。

「鳴尾」「香枦園」（現在は「香櫨園」と表記）「石屋川」は、いずれも阪神電車の駅名。

阪神間の町村は一九四五年に大小合わせて一二八回の空襲を受けた。

わたしの好きな数字＝（ウィキペディアによれば）サヴァン症候群とは、知的障害や発達障害などのある者のうち、ごく特定の分野に限って優れた能力を発揮する者の症状を指す。タメットは十一ヶ国語を話し、二二、五一四桁まで円周率を暗唱できたといわれている。

村上三郎は鵺塚のなかに消えた＝松浜公園の正式名称は芦屋公園だが、わたしたちは松浜公園と呼びならわしていた。

「鵺塚」の傍には、「鵺塚伝説」について、以下のような説明文が掲げられている。——およそ八〇〇年ものむかし、源頼政が二条院にまねかれ、深夜に宮殿をさわがしていた怪鳥をみごとに射落とした。それは、ぬえといって、頭はサル、体はタヌキ、手足はトラ、尾はヘビという奇妙な化鳥であった。その死骸をウツボ舟（丸木舟）にのせて桂川に流したところ、遠く大阪湾へ流され、芦屋の浜辺に漂着した。浦人たちは、恐れおののき、芦屋川のほとりに葬り、立派な墓をつくったという。鵺塚伝説は「摂陽群談」「摂津名所図会」などに記されているが、古墓にまつわる伝説の一つと思われる。現在の碑は、後世につくられたものである。

園庭のない保育園＝芦屋市打出小槌町にある打出公園は、動物のいる珍しい公園として、二〇一〇年まで、「おさるの公園」の愛称で永く住民に親しまれていた。

町のにおい＝本作品は、「第十回ふるさとの詩」（主催・羽生市）佳作入選作を改稿したものです。

三日月をけずる＝朔の後に初めて見える月を新月という。朔後二日までは月はほとんど見えないので、三日ごろの月、すなわち三日月が新月となる。精密な天体観測がなされるまでは、この新月の日が月初とされていた。その頃は、新月を指す三日月と区別するために、朔の月を暗月と呼ぶことがあった。

あとがき

子どもの頃に通っていた床屋は、年取ったおじいさんがひとりでやっている店で、大きな理容椅子はふたつあったのですが、使われているのは、いつも手前のひとつだけでした。

なにもかもひとりでしているせいで、店ではたいてい待たされていました。おじいさんの手際は、丁寧で慎重だと言えば言えるのですが、かなり危なっかしく、剃刀を使う段になると、ときどきその手が細かく震えているのが、子どものわたしにも分かるほどでした。

それでもわたしが、家からは遠かったこの店を気に入っていたのは、じつは、その待たされる時間の長いことでした。そのあいだは、待合の椅子で漫画を読みながら待っていることができるからです。わたしは、できるだけ混んでいそうな時間を見計らって散髪に行きました。出はじめたばかりの週刊の少年漫画雑誌が、待たされる客へのサービスとして揃っていて、家では読めない連載漫画を読むために、あまり上手ではないこの理髪店にきめていたのです。

その店には、左回りの時計が掛けてありました。

おじいさんが体調を崩して店を閉めたあと、おとなになってからも、今まで一度も他の理髪店では見かけたことがないのが、この逆回りの時計です。ずいぶん待たされたあと、理容椅子に腰かけてから目の前の鏡に映る時計を見ると、ちゃんと普通の時計に見えるのが、はじめのうちは不思議でした。だが、いったん散髪が始まると、おじいさんのハサミ捌きが気になって、時計を見る余裕はなくなってしまいます。ですから、長いあいだわたしの記憶に残っていたのは、待っているあいだに何度も見上げていた逆回りのままの時計です。

この時計の針は、左回り、つまり、反時計回りに動いてゆきます。文字盤の数字は鏡文字で、12の左横に1があり、その下に2と、普通の時計とは数字の位置が左右反対になっています。針は左回りに1、2と進んでゆくので、ちゃんと時刻を追って、順番通りに動いてゆくのですが、どうしても、その針の動きは、時間を後戻りしていっているように見えます。この店のなかでは、漫画を読んで待っているうちに、いつのまにか時間は反転し、過去に向かって進んでいっている。夕方はやがて昼になり、朝に向かう。わたしは、その日にあったことを思いだしながら、その時間にもういちど戻ってゆく。そんな錯覚に襲われるのです。

会社を辞めてから格段に増えた読書する時間のなかで、あるとき、「人生は、未来に背中を向けて、後ずさりしていくことと似ている」というある哲学者の言葉を見つけました。

たしかに、わたしは、あの頃から六十年以上、過ぎ去った過去だけを見ながら、まだ見ぬ未来へとボートを漕ぐように後ろ向きにすすんできました。英語で backward clock とも呼ばれる「鏡時計」とは、まさに、「未来へと後戻りしながらすすんでゆく」時計なのです。

今朝、箕面の我が家を襲ったマグニチュード6・1の大阪北部地震のように、未来はわたしの背中を不意打ちしようといつも狙っています。見ることのかなわぬわたしの未来には、これからどんな出来事が待っているのでしょうか。

二〇一八年六月十八日　　服部　誕

服部誕（はっとりはじめ）

一九五二年、兵庫県芦屋市若宮町に生まれる。

詩集
『首飴その他の詩篇』（一九八六・編集工房ノア）
『空を飛ぶ男からきいたという話と十八の詩篇』（一九九二・編集工房ノア）
『おおきな一枚の布』（二〇一六・書肆山田）
『右から二番目のキャベツ』（二〇一七・書肆山田）

現住所　〒562-0041　大阪府箕面市桜一丁目十五番三号

三日月をけずる＊著者服部誕＊発行二〇一八年九月一〇日初版第一刷＊発行者鈴木一民発行所書肆山田東京都豊島区南池袋二—八—五—三〇一電話〇三—三九八八—七四六七＊装幀亜令＊印刷精密印刷ターゲット石塚印刷製本日進堂製本＊ＩＳＢＮ九七八—四—八七九九五—九七三—七